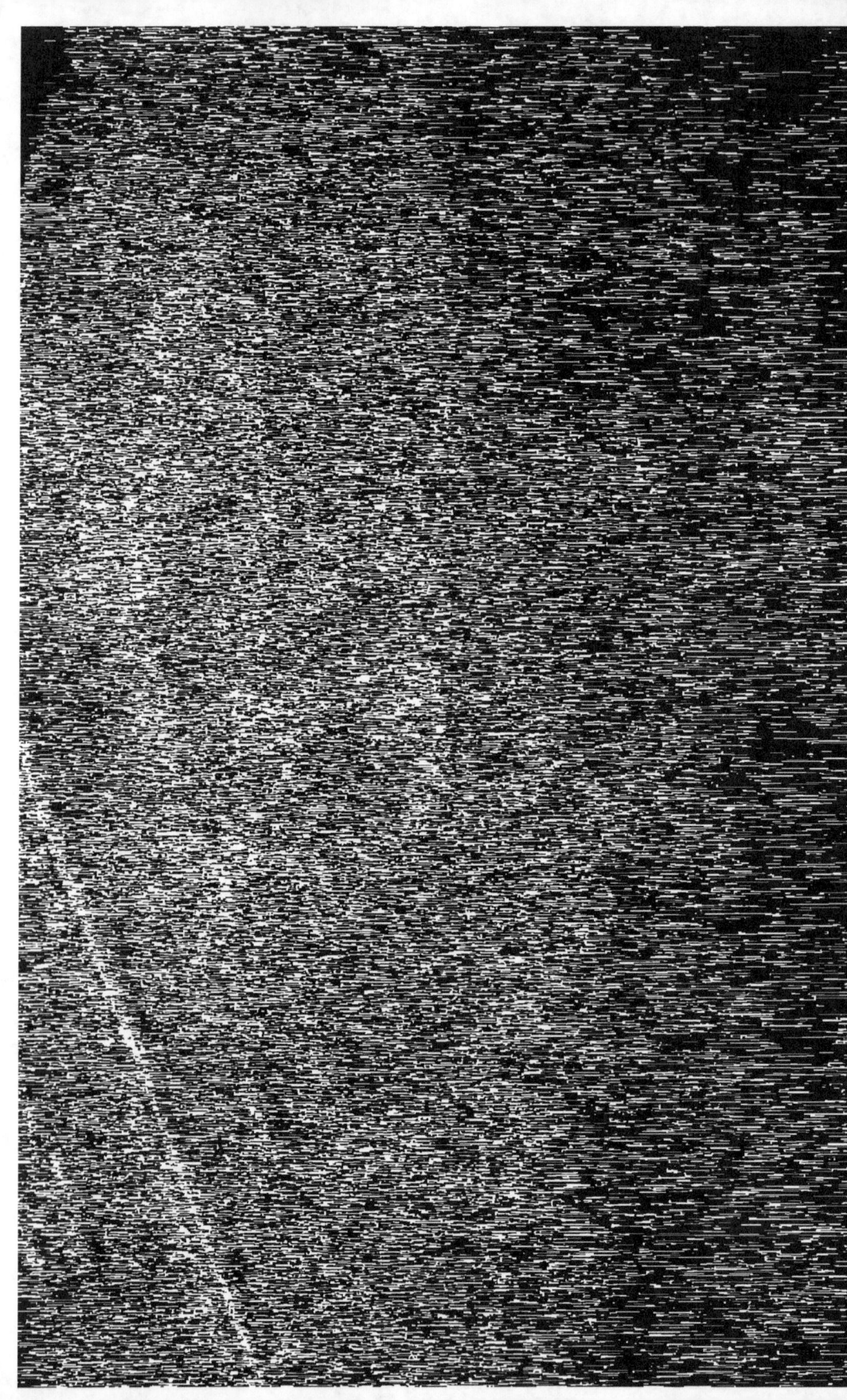

Toulon, le 10 mars 1856.

A Messieurs le Président et membres du Conseil d'administration de la Société Artistique du Var.

MESSIEURS,

J'ai l'honneur d'appeler votre attention sur une œuvre qui ne
permet pas la triste conspiration du silence, si je puis ainsi
dire, mais bien au contraire une critique judicieuse et élevée, la
seule concordant avec le principe de notre institution.

Il m'a semblé que le *Jésus enfant parmi les docteurs*, de
M. Bonnegrâce, devait réveiller au sein de la *Société Artistique* tous les moyens qui sont à la disposition de l'intelligence
pour l'éducation du goût public. Il n'en est rien cependant.

Déjà, je vous en ai dit mon sentiment. Et les journaux de
province, en général, sont tellement émaillés de partialité, à
l'endroit des beaux-arts, qu'il faut bien que quelqu'un se fasse
souci de la chose.

C'est ce qui m'a déterminé, Messieurs, à vous rappeler le
noble mandat qui vous a été confié, d'élever le culte des beaux-
arts, d'en propager les succès ; mission que vous remplirez,
j'en ai l'assurance, avec impartialité et exactitude conformément
à l'esprit libéral de nos statuts.

1859

Je n'insiste pas davantage, aujourd'hui. Nous causerons ensemble, de bonne amitié si vous le voulez bien, de notre Société, de M. Bonnegrâce.

Je n'ai pas l'honneur de le connaître (M. Bonnegrâce s'entend). J'en suis bien aise! persuadé que pour juger du mérite, aucune considération étrangère au talent ne doit nous influencer.

J'entends dire dans l'ombre, que cet artiste est dépourvu de toute instruction, sa capacité est mise en brèche, ce qui témoigne également des manœuvres de coterie et d'ignorance.

Ceux qui ont l'œil un peu perçant ne s'arrêtent pas d'ailleurs à ces allégations de rivalités jalouses ; car après avoir étudié l'œuvre de M. Bonnegrâce, on peut affirmer aisément qu'elle est la révélation d'un homme familiarisé aussi bien avec l'éloquence de son art qu'avec les études sérieuses du peintre d'histoire.

« Chaque partie du tableau de M. Bonnegrâce, a dit M. Th. Gautier (1), est étudiée avec un soin extrême, une conscience laborieuse, on ne peut plus louable ; les têtes sont bien peintes, exactement dessinées et d'un bon caractère ; les draperies s'ajustent bien, enveloppant les corps sans trop cacher ni trop montrer l'anatomie, la localité générale est agréable, il ne manque à l'œuvre, POUR ÊTRE TOUT-A-FAIT HORS LIGNE, qu'un peu plus d'audace, d'accent et de fierté. Chose rare dans un temps dont la modestie n'est pas le défaut M. Bonnegrâce semble s'être défié de ses forces ! »

Je n'ai rien à ajouter à cette appréciation si vraie du talent de l'auteur du *Jésus enfant*.

Admettons, (je vous demande pardon pour cette hypothèse) que M. Bonnegrâce ne manie pas la parole à la façon d'un orateur, ou la plume comme peut le faire un publiciste.

(1) Les BEAUX-ARTS en Europe, 1855, page 295.

L'éloquence de M. Berryer serait aux abois, Messieurs, s'il devait la manifester avec le pinceau ou la palette d'un peintre.

Et Jean de Lafontaine, l'admiration de l'Europe, tout le monde connaît ses fables, était incapable de dessiner un œil.

Incontestablement l'universalité des connaissances humaines n'est pas possible à un seul homme.

Mais vous le comprenez, n'est-ce pas, on peut avoir du génie, de la science, de l'éloquence, de l'esprit — dans sa sphère — dans la langue qu'on parle, dans les arts comme dans toutes les manifestations de l'intelligence.

Il n'y a pas besoin, j'imagine, d'autres développements pour établir cela. Et j'ai dû pour l'honneur de la Société dont vous êtes l'élite, provoquer l'initiative d'une appréciation équitable à l'égard du tableau de M. Bonnegrâce exposé depuis un mois à Toulon, dans l'une des salles du premier étage de l'hôtel-de-ville.

Permettez-moi de vous entretenir maintenant de notre *Société Artistique* au double point de vue de son administration intérieure et de ses tendances.

Je désirerais, afin de démêler un peu notre situation actuelle :

1° Que les registres, lettres, conventions diverses, notamment celle du prix d'achat du PIANO, soient déposés dans le local de la Société.

2° Que les armoires puissent être fermées à clef et les dites clefs remises entre les mains et sous la responsabilité du concierge, dont il faut proportionner les honoraires à la somme de travail qu'il fournit actuellement.

3° Qu'il soit dressé un inventaire du matériel nous appartenant, meubles, ustensiles, livres, etc., etc. et qu'en regard de chaque objet soit porté le prix d'achat.

4° Qu'il y ait dans un petit *passe-partout*, la liste des publications quotidiennes, hebdomadaires ou mensuelles que reçoit la *Société Artistique*.

En sachant bien ce que nous avons et ce que cela coûte, nous saurons mieux ce qui nous manque et ce que nous pouvons dépenser.

En relisant le compte administratif de l'an dernier, je trouve au chapitre 2, que la répartition du produit du concert, au profit des pauvres, a été ainsi faite :

120 francs, œuvres de la Maternité.
120 — — de l'Atelier.
120 — — de la Providence.
120 — conférences de Saint-Vincent-de-Paul.

Je déplore de ne trouver là qu'une pauvre somme de 50 fr. pour l'infortuné Coste, artiste peintre.

Ne pourrions-nous pas, cette année, répartir le produit du concert au profit des pauvres, en délivrant à chacun des Sociétaires des bons de pain et de viande ?

Chacun de nous peut les placer facilement chez des personnes vraiment nécessiteuses, — par où, le mérite d'un emploi plus raisonnable vis-à-vis de la masse des souscripteurs.

Le règlement de notre Société n'a pas été révisé depuis son origine. Nous n'avons pas cherché à mieux faire, et ce laisser-aller obstiné, pardonnez ma franchise, a eu de regrettables résultats.

On a osé dire, non sans raison, dans un article de journal, que nous aimions peu à réfléchir.....

Ne serait-il pas urgent de ramener au sein de la Société, des artistes que l'amertume d'un blâme immérité et l'imprudente publication d'articles de critique ont découragés ?

Nous sommes, Messieurs, les amis des arts. — N'ayons pas deux poids et deux mesures ; tendons sans acception de personnes, une main amie à tous les artistes et à tous les hommes de bonne volonté.

Je termine ici, cette trop longue lettre où j'ai mis ma pensée sans détours et sans prétention, et je vous prie de vouloir bien agréer, Messieurs, l'assurance de ma considération très distinguée.

MARCELIN ARNAUD,

Membre de la *Société Artistique* du Var.

A PROPOS DES DEUX STATUES

PLACÉES DANS LES NICHES

de la Façade de la Chapelle des Hospices Civils.

Notre lettre à M. le rédacteur du *Toulonnais* étant faite, il nous a paru rationnel que le même journal n'eut point à émettre deux opinions diamétralement opposées. D'un autre côté, la *Sentinelle*, nous ayant fait entendre que ses colonnes étaient réservées pour un article dont nous avons pu deviner le sens, nous allons user du seul mode de publication qui nous reste.

Il est bien douloureux que le public, en ce qui est des Beaux-Arts, soit réduit à fonder son opinion sur des avis erronés, et que ceux qui devraient l'éclairer ne songent pas autrement à la dignité de l'art ! Cela a lieu un peu partout, il est vrai ; à Toulon, on en est à l'abus. Un moment nous avions cru que la Société Artistique pouvait faire beaucoup pour l'éducation du goût public, mais il n'en est rien

Dans le cas qui nous occupe, il faut le dire, l'auteur de l'article du *Toulonnais* a eu tellement hâte de donner le signal de frapper des mains,—son opinion était si bien formée d'avance, — qu'il classe le mérite des deux statues de MM. Montagne et Daumas sans même les avoir vues. Notre devoir est donc de protester.

A monsieur le Rédacteur du Toulonnais,

MONSIEUR,

J'ai lu dans votre journal de samedi, 3 octobre, la mention que vous y faites du talent des deux artistes auteurs, l'un de la statue de l'abbé Gautier, l'autre de celle de monseigneur de Chalucet; et il m'a paru que vos éloges sont en sens contraire du mérite de l'œuvre.

Il serait difficile de comprendre comment je peux penser autrement que vous, si l'on ne savait de quel poids pèsent, dans la balance de la critique, les intérêts, les coteries, les passions, —indépendamment des connaissances spéciales, indispensables à l'appréciation de la chose à juger.

Pour ce qui est des Beaux-Arts, il y a dans le public qui s'en occupe trois classes d'individus bien distinctes ; l'une qui ne voyant que par les yeux d'autrui, accepte tout sans contrôle ; —l'autre qui ne tenant compte que de ses propres impressions, fonde sur elles une opinion plus ou moins valable mais de conviction ; — et enfin la troisième, celle dont l'étude a fécondé les connaissances. Cette dernière malheureusement est la moins nombreuse.

C'est ce qui devrait rendre plus circouspects la plupart de ceux qui sous le prétexte de dire quelque chose, décernent le blâme ou la louange ; — et plaçant leur opinion personnelle en relief, essaient de la faire accepter comme l'opinion qui doit nous régir dans le domaine de l'art. Elever la voix n'est pas dans ce cas être agressif, c'est seulement engager un débat d'où doit jaillir la vérité ; et vous, M. le Rédacteur, devez tenir autant que moi à sa manifestation pleine et entière.

Pardonnez ce préambule, il était indispensable ; d'ailleurs il n'est que trop justifié par l'opinion que vous avez émise ainsi que je vais le prouver :

« L'une de ces statues, dites-vous, *sort des ateliers* de M. « Daumas, l'autre est l'œuvre de M. Montagne, dont le talent « grandit et promet d'ajouter un nouveau lustre à celui que « Daumas, son compatriote, répand déja sur sa ville natale. »

Vous tendez ainsi à nous faire supposer M. Daumas placé par son talent, bien au-dessus de M. Montagne. Ce n'est pas cela, tant s'en faut, et je me hâte d'ajouter, pour votre édification, que M. Montagne a donné autre chose que des promesses.

Je poursuis, et en vérité je me demande si vous avez pu croire à l'exactitude du *On dit* dont vous vous faites l'écho dans les lignes qui suivent :

« On assure qu'il est très-sérieusement question d'élever « encore en avant de la chapelle et sur un grandiose piédestal, « la majestueuse statue de saint Vincent-de-Paul. »

Là dessus vient l'approbation que vous donnez aux représentants de la cité pour une pareille idée heureuse. Qu'à vous en retourne la gloire, Monsieur, ou du moins à l'auteur de l'article qui a eu l'initiative de cette idée heureuse, à son sens, mais déplorable en réalité ; je vais l'expliquer.

Cette statue étant là où vous la voulez et d'où le simple bon sens l'exclut, la place n'y est point, à moins que deux et deux ne fassent plus quatre. Quoi qu'il en soit, sortant de la chapelle, après les offices, nous nous trouvons face à face avec.... je n'en dis pas davantage. Tout comme à l'Hôtel-de-Ville, le Génie de la Navigation tourne.... je m'abstiens de dire le mot, aux cariatides de Puget.

Cette situation n'est pas si avantageuse qu'il faille l'imiter.

En effet si l'Empereur et l'Impératrice, où toute autre Majesté, venaient à Toulon, admettez, bonnement, qu'ils soient reçus par nos autorités à l'Hôtel-de-Ville, à la salle du premier étage.—Quel objet frapperait leurs regards?—Du balcon, autrefois, le point de vue sur la rade était des plus beaux ; le ciel, les collines, la mer, notre escadre, tout cet ensemble ravissant d'harmonie et de grandeur commandait l'admiration.— Aujourd'hui, nos yeux, loin d'être sous le charme de ce magnifique spectacle, sont choqués par la masse colossale du Génie qui se dresse là de la manière la plus indécente, et ici encore j'use du mot le plus doux. C'est là un point de vue bien inférieur s'il en fut *oncques*, non comparable à l'autre assurément, et que nous regretterons toujours.

Pareille bévue, Monsieur, m'a porté à réfléchir, à opiner de mon chef contre l'idée de la mise en place, devant la chapelle, de la statue de St Vincent-de-Paul.

Plaise à Dieu que les représentants de la cité encouragent les artistes dans leur œuvre, nul plus que moi n'y applaudira. Celui dont la vie s'use à nous donner le spectacle du beau, doit certainement être honoré et ne saurait trop l'être.

Aussi, signaler ceux qui se distinguent entre tous, apprécier leurs efforts c'est plus que rendre justice,—c'est accomplir un devoir ;—applaudir à leurs nobles inspirations, c'est vivifier leur génie.

J'arrive à l'appréciation des deux statues : celle de l'abbé Gautier de M. Daumas, je le dis à regret, est malheureuse ;— elle est raide, tient mal sur ses jambes, est trop forte pour la niche qui l'abrite. L'inclinaison de la tête est un peu forcée. Tout y est de roc, chair et draperies. Nul sentiment chrétien ne l'anime ; on dirait plutôt un Luther que l'abbé Gautier fondateur de l'hospice de la charité.

L'avant-bras droit paraît court, il se termine en fuseau à l'emmanchement du poignet. — L'avant-bras gauche trop plaqué contre la poitrine est tout à fait manqué.

L'artiste, selon moi, ne s'est pas suffisamment identifié avec son sujet, n'a pris nul souci de la place qu'il devait occuper.

Le Génie de la navigation dans un autre ordre, a été à peu près aussi fâcheusement conçu.

Pourquoi M. Daumas qui a incontestablement du talent, de la main, n'a-t-il pas mieux nourri son esprit de son sujet, du style de la chose? — C'est là son côté faible.

Un critique de Paris à propos de l'*Aurélia Victorina*, exposée au salon de 1857, s'exprime ainsi :

« L'*Aurélia Victorina* de M. Daumas est une virago lour-
» dement drapée qui pourrait figurer aussi bien la ville de
« Strasbourg ou l'Agriculture qu'une princesse gauloise. »

Cela est clair, et vient à l'appui de mon appréciation de la statue de l'abbé Gautier.

Si je suis sévère envers M. Daumas, c'est que je suis convaincu, Monsieur, qu'il saura provoquer nos applaudissements unanimes à la première occasion.

Quand à M. Montagne, il a mieux fait, lui, voilà un artiste d'un talent bien plus fin, plus réfléchi : son style coulant est d'une simplicité extrême; — il a de l'élégance et se soutient d'un bout à l'autre.

M. Montagne a dû longtemps méditer sur son œuvre avant de prendre le ciseau. Sa statue de Mgr de Chalucet est pétrie du sentiment chrétien, — la forme en est chaste. — La tête a le caractère auguste du personnage qu'il représente; les yeux semblent animés d'une douce lumière, et le sourire de la bouche a l'accent ferme de la persuasion.

La pose est naturelle, gracieuse, pleine d'abandon; la draperie heureusement jetée et fouillée, a de la tournure,—elle est tout à fait pittoresque.

En somme, cette statue pas trop forte pour la niche qu'elle occupe, en fait l'ornement.

Que M. Montagne poursuive donc avec la même religion, avec la même ardeur, cette noble carrière illustrée par les anciens, les maîtres du xvi° siècle et de la génération actuelle. Si la tâche est rude, difficile, les encouragements ne lui failliront pas parce qu'il aura su s'en rendre digne.

M. le rédacteur, en présence d'appréciations diffuses, contraires, faites quelquefois sans discernement, il m'a paru de toute justice de proclamer la beauté de l'œuvre de M. Montagne, dont la valeur ne me paraissait pas avoir été suffisamment reconnue dans votre article.

Veuillez cependant croire, Monsieur, que cet acte d'impartialité de ma part ne saurait ni porter atteinte à l'estime que j'ai pour M. Daumas, ni affaiblir les sentiments de parfaite considération dont je vous offre ici l'assurance.

Toulon, le 4 octobre 1857.

M. ARNAUD.

*** Ma lettre ayant subi quelques mutilations de la part de M. le Rédacteur du *Toulonnais*, je me dois de la reproduire, ici, en entier.

A L'AUTEUR DE LA RÉPONSE ADRESSÉE A M. H. ARNAUD

ET INSÉRÉE DANS LE Toulonnais.

MONSIEUR,

En publiant dans le *Toulonnais* du 13, ma lettre du 4 octobre, il est évident, pour qui sait lire, que vous pouviez vous dispenser des observations dont vous la faites précéder. Je ne m'y arrête pas autrement; c'est un vieil usage d'atténuer PAR DES MOTS ACERBES, A DÉFAUT DE RAISONS, L'EFFET DES ÉCRITS QUE LE BON SENS PUBLIC GOUTE ET APPRÉCIE JUSTEMENT (1).

(1) « Nos lecteurs, s'écrie le « TOULONNAIS », ont pu apprécier si » nos réflexions étaient des *mots acerbes* ou des *raisons.* »

Voici un échantillon des prétendues *raisons* du *Toulonnais* : » N'essayez pas en dirigeant sur eux ce souffle impur qu'on appelle « la jalousie. »

Et plus loin, il parle d'une *critique* un peu *amère* et peut-être aussi un peu *haineuse.*

Ce langage pour être absurde n'a pas moins fait naître en moi quelques réflexions qui, dans la *circonstance actuelle* sont réellement des *raisons.* Un *souffle impur* n'est pas la *jalousie*; la *jalousie* n'est pas un *souffle.* Tout me porte donc à croire que vous avez voulu par abstraction m'appliquer le *souffle impur* et la *jalousie.* Et bien! pour avoir le *souffle impur*, Monsieur, il faut respirer l'air de certains lieux et fréquenter certaines personnes que *d'autres connaissent autrement que moi.*

Votre prélude à la réponse que vous m'avez faite, aujour-
d'hui, a eu donc pour mission d'intimider les faibles qui,
pensant autrement que vous, gardent un silence prudent dès
que le journal, avec ses airs de Docteur, menace de tout fou-
droyer. — « *Yo soy el Rey* » — dit l'Espagnol (1).

Serait-il possible que seul vous ayez le droit d'écrire dans
un journal au gré de vos *fantaisies*, et que le lecteur soit condamné à se taire ? c'est un rôle que je ne puis accepter, et
quand en ma qualité d'abonné du « *Toulonnais* » je trouve
une appréciation qui me paraît fausse, je me crois le droit de
la combattre.

Ma lettre, dites-vous, est fort *étrange*... je l'avoue... j'ai
eu la maladresse de contester votre opinion, étayant la mienne
des qualités et des taches de l'œuvre en cause. De là votre
colère.

Certainement ce que vous écrivez, doit paraître ordinaire
pour vous, coutumier du fait. Pour ce que j'avance, c'est diffé-

Quant à la *jalousie*, c'est un sentiment qui suppose égalité de pro-
fession et identité de but. Or n'étant pas sculpteur, de quoi serais-je
jaloux ? Quant à la *haine*, elle est l'apanage des âmes viles : dieu merci,
elle n'a jamais pénétré dans mon cœur. J'ignore même si l'on peut
haïr. Mais vous qui en parlez si fort à votre aise, vous ne devez pas
être étranger à ce sentiment ; car on ne parle que de ce que l'on
connaît ou de ce que l'on sent.

(1) Je me flattais de trouver dans l'écrivain du *Toulonnais* un esprit
à l'abri du pédantisme. Il n'en est rien. Eh bien ! il ne me sera pas un
crime d'user de représailles quoi qu'il m'en coûte. — Disons en attendant : dans le dictionnaire de l'Académie, *prélude* signifie ce qui pré-
cède quelque chose, qui lui sert comme d'entrée et de préparation.
Pourquoi l'illustre écrivain du « *Toulonnais* » s'en moque-t-il ? c'est à
coup sûr, *ignorance*. Remarquez, Monsieur, je ne dis pas MAUVAISE FOI.
L'ignorance est une maladie de l'esprit *incurable* chez l'écrivain du
Toulonnais. Je le plains, car on n'apprend pas à tout âge, et pour
toute maladie *incurable* il n'y a pas d'*illusion* possible.

rent : ce ne peut être qu'*étrange.* C'est ma faute ; vous ne sauriez avoir tort.

Des personnes en plus grand nombre que vous ne pensez , m'ont *sérieusement* affirmé que vous ne pouvez ÊTRE DISCUTÉ. parce que..... vous ne l'avez jamais été. A merveille! (1)

Mais venons, sans plus différer, à la réponse que vous provoquez dans votre dernier article.

Je prends d'abord la liberté de vous faire observer, ici , qu'en reproduisant ma lettre du 4 dans le *Toulonnais* du 13 octobre, vous avez paralysé le sens du premier paragraphe qui finit par ces mots : *en sens contraire du mérite de l'œuvre.* Vous me faites dire : *en sens contraire de l'œuvre.* C'est une inexactitude que je tiens à rectifier.

Dans votre réponse d'aujourd'hui vous faites glorieusement votre éloge , ce à quoi vous autorise sans doute votre position de *juge souverain,* si non votre science ; mais elle ne saurait vous donner raison quand vous avez tort (2). Vous, vous drapant de votre supériorité, vous vous abstenez de répondre autrement que par beaucoup d'adresse ; voyons ce qu'elle vaut : je vais vous suivre pas à pas.

« Quel est donc, dites-vous, avec l'accent de l'*indignation* » *contenue,* quel est donc ce critique inconnu qui d'une main » présomptueuse nous jette ainsi le gant ? » Je vous arrête , et vous prends en flagrant délit..... (3) Aujourd'hui, Mon-

---

(1) Le rédacteur de l'article nous dit que ce langage *frise l'impertinence.* Mais ce n'est pas moi qui ai tenu un pareil propos... A-t-il mal lu ?

(2) M. le rédacteur de l'article du « *Toulonnais* » décline dans sa réponse le rôle de *juge souverain* qu'il attribue au public. Pourquoi donc appelez-vous ce *droit* du public — une *interprétation* qui se *heurte* dans l'esprit *contre* un *certain degré* de *mauvaise volonté?*

(3) M. Aurel m'ayant fait entendre qu'il assume la responsabilité des articles du « *Toulonnais* » signés *Chronique locale,* par respect pour

sieur, chacun connaît mon nom. Y aurait-il de l'indiscrétion à demander et à savoir le vôtre ? Pourquoi vous cacher sous le manteau de la *Chronique locale*, patronnée courtoisement par M. le propriétaire-gérant ?

Eh quoi ! j'ai signé ma lettre, vous ne signez pas votre article, et c'est moi l'*inconnu*?

C'est un vrai tour de *besacier*, dirait le poète.

Quand votre nom nous sera CONNU, nous pèserons vos titres, et le public prononcera sur la portée de votre appréciation et de la mienne (1).

En attendant, permettez-moi de conserver à ma critique tout le sens que je lui ai donné et de préférer à bon droit la statue de M. Montagne à l'*œuvre* SORTIE DES ATELIERS de M. Daumas.

Me voici aux réflexions que vous faites sur le reproche que j'ai adressé *injustement*, d'après vous, à la *Société Artistique* du Var. Je n'ai pas besoin ici de le justifier — Plus de cent membres qui ont déserté cette Société ont prononcé en silence sur sa valeur et ses tendances. Et si sa *biographie* pouvait trouver place dans ma lettre, le public qualifierait autrement et mon langage et le vôtre.

Cependant, je suis loin de révoquer en doute les *encouragements* et les *approbations* qui lui viennent d'*assez haut*. Mais si vous l'exigez, il est trop facile de vous prouver que

lui et rien que pour lui, je retranche volontiers le mot qu'il a supprimé. JE déclare même que rien de ce qui est dit ici, ne lui est personnel.

On trouvera *peut-être* que c'est une contradiction de ma part ; mais *qui n'en est pas capable ?*

(1) Ici mon critique parle on ne sait trop pourquoi de *corde* et de *guitare*. Il veut faire entendre sans doute qu'étant un des principaux membres de la *Société Artistique*, il en connaît les usages et le langage.

ceux qui sont uu *peu plus bas*, perçoivent et jugent diffé-
remment.

Le lecteur ne manquera pas non plus de se convaincre que
les distances modifient singulièrement les effets de l'optique (1).

Pour ce qui est de l'*inconvenance*, permettez-moi une dis-
tinction très légitime : il y a *inconvenance* de mots et *inconvenance* de choses. Tout le talent de Delille n'eut pas suffi
à pallier l'indécence du mot ; la réticence était ma seule res-
source, et à vous dire vrai, elle a mieux servi mes intentions
Mais la faute est à la *chose* et non pas au *mot* qui en est l'expression,

Pour la chose, Monsieur, un habile sculpteur de l'antiquité,
nous a appris que *rien n'est impossible* au génie.

Vous parlez de *certaines régions corporelles* que le Louvre
et le jardin des Tuileries étalent à nos regards ; mais que dirait
le public si, au Louvre et aux Tuileries les œuvres d'art ne pré-
sentaient que des *régions* analogues,? Il est des situations où
bien d'autres détails peuvent captiver l'attention.

Mais pour la statue du port, on est condamné, dans *l'hypothèse* mentionnée dans ma précédente lettre, à porter les yeux
sur ce qu'il vous plaît d'appeler *région* et cette *région*, conve-
nez-en, n'a ni de quoi charmer ni de quoi satisfaire.

Ainsi, vous ne tenez aucun compte du *lieu*, ni de la position,
deux points qu'un artiste de talent ne doit jamais oublier ou mé-
connaître.

Après ces joyeusetés, vous vous apitoyez sur une affection
physiologique dont vous me croyez atteint, *une allucination* ;
et vous semblez désespérer de la possibilité de me guérir. En

(1) Mon contradicteur malgré son inépuisable faconde, recon-
naît son impuissance pour défendre la *Société Artistique* et aime encore mieux passer condamnation que de s'engager dans ce TERRAIN
GLISSANT.

vérité, quand, en personnifiant en vous votre comité, vous aurez quitté l'inconnu pour vous donner un nom, je jugerai, Monsieur, de l'impuissance, sinon de votre art et de vos principes, au moins de votre talent. (1)

Mais ce qui suit est encore plus réjouissant.

Vous manifestez une opinion qui, pour être *tardive*, n'est pas moins précieuse, à savoir, que j'ai pu prendre la *statue de Montagne* pour celle de Daumas. En bonne logique, que cela veut-il dire? Que les *critiques amères, passionnées*, que j'ai appliquées à Daumas, reviennent à Montagne. Et c'est vous,

---

(1) Je proteste énergiquement contre l'allusion personnelle qu'on m'impute. Atteint d'*hallucination* de par l'écrivain du *Toulonnais* qui est même assez obligeant pour ne pas se charger de me *guérir*; j'ai été naturellement porté à demander le nom de celui qui en se chargeant de me *traiter* reculait devant la tâche de *me guérir*. — La découverte de la maladie suppose des connaissances spéciales, comme la *guérison* suppose le *traitement* — dans des maladies graves. — Etait-ce un allopathe? Etait-ce un homœopathe ou un empyrique? Il est évident que je n'eusse pas demandé le *nom* de l'Esculape, si la personnalité eût été faite avec intention. A coup sûr, Monsieur, l'INTER-PRÉTATION de la pensée que J'AI EUE N'ÉTANT CERTAINEMENT PAS AU-DESSUS de votre INTELLIGENCE, je SERAIS AMENÉ A CROIRE qu'elle S'EST HEURTÉE DANS VOTRE ESPRIT, CONTRE UN CERTAIN DEGRÉ DE MAUVAISE VOLONTÉ.

Remarquez, Monsieur, que je ne dis pas MAUVAISE FOI. Tête bleue! quel style! il fatigue un peu la rate; mais le bel esprit a ce droit.

Qu'on lise ce qui va suivre et l'on jugera si j'ai tort de désirer que le comité se personnifie en un seul :

« Vous *demandez notre nom* ! mais Monsieur, à qui avez-vous adressé » votre lettre? à M. le Rédacteur du *Toulonnais*, n'est-ce pas? »

En d'autres termes, — ce n'est pas à nous que vous avez écrit mais au rédacteur du *Toulonnais*.

« Eh bien ! c'est le Rédacteur du *Toulonnais* qui vous répond, et qui » trouve étrange que vous cherchiez d'autre nom que le *sien pour* » COUVRIR la discussion à laquelle vous l'avez si courtoisement provoqué. »

Monsieur, qui n'avez jamais eu que des paroles *d'éloge* et *d'encouragement* pour ce jeune artiste? Merci de l'un et de l'autre. Evidemment vous avez l'esprit *altéré* et je vous plains à mon tour.

J'arrive à votre argument que vous regardez comme *irrécusable* mais qui n'est pas plus solide que les autres pour tout homme qui raisonne et réfléchit.

Cet argument se fonde sur une lettre de David (d'Angers), adressée à un honorable magistrat que nous avons en bien grande estime et que je mets hors de cause, bien entendu.

Cette lettre, Monsieur, qui a plus de dix ans de date, est loin de nous éblouir. Qui ne sait comment un artiste peut provoquer de pareilles recommandations? D'ailleurs, pardonnez à ma simplicité, MAIS L'ARGUMENT N'EUT ÉTÉ CONCLUANT QUE SI LA LETTRE DE DAVID D'ANGERS, EUT CONTENU L'ÉLOGE DE LA STATUE EN QUESTION.

Le lecteur impartial conviendra avec moi que ce n'est ni M. Daumas, ni le *régent* de la presse Toulonnaise (*) qui possèdent en partage le privilège de l'infaillibilité.

En voilà assez pour réduire à sa juste valeur *le cri de victoire* que semble autoriser la lettre de l'illustre statuaire dont vous avez troublé la cendre.

Quoiqu'il en soit, j'aime à le répéter, loin de moi et de mes nombreux adhérents la pensée d'amoindrir le talent de M. Daumas comme vous voulez bien l'insinuer, mais à CHACUN SELON SES OEUVRES.

En terminant ces lignes, je suis heureux, Monsieur, que vous n'ayez pas cédé à ce perfide avis de garder le silence; il eût été certes, moins éloquent que tout ce que contiennent vos trois colonnes. Beaucoup, l'auraient regretté, moi surtout qui tiens plus que personne à me rectifier à votre école.

(*) L'auteur de l'article du *Toulonnais* avait dit — « *Régenter la presse.* »

Je suis encore prêt à continuer la discussion, si cela peut vous agréer ; mais comme un débat gagne en clarté et en précision lorsque les positions respectives de chacun sont bien définies, veuillez *vous* faire connaître. C'est la seule condition qui pourra déterminer de ma part une autre réponse.

Je ne doute point que dans l'intérêt de l'art, vous ne vous décidiez à vous dévoiler, si, comme je l'espère, vous ne manquez ni de loyauté ni de courage.

M. ARNAUD.

Toulon, le 15 octobre 1857.

OBSERVATIONS POUR FAIRE SUITE A LA LETTRE.

Cette réponse renverse à elle seule tout l'échafaudage si pompeusement élevé par mon antagoniste : mais il me reste à repousser les deux reproches que m'a adressés le *Toulonnais*, à savoir :

1o Que dans cette lettre j'ai abandonné la question artistique ;
2o Que je n'ai pas détruit un seul de ses arguments.

Quand au premier grief, il est purement fictif. Fort de mon premier sentiment, je ne devais pas me livrer à d'autres explications. D'ailleurs, pourquoi le grand *Achille* a-t-il boudé dans sa tente ? Que n'a-t-il daigné se montrer ?

La *Chronique locale* qui a paru encore ce jour là est un *être abstrait*, et je ne sais ma foi, par *quel côté le prendre*. Quant au propriétaire-gérant, quel besoin avais-je de parler d'art avec lui ? Il me permettra de le récuser comme incompétent quels que soient d'ailleurs ses talents d'écrivain ou de rédacteur.

Mais passons aux arguments dont on fait tant de bruit. Ah çal de quels arguments voulez-vous parler? Vous m'avez abandonné la *Société Artistique* (quelle ingratitude!) — Vous m'avez donné gain de cause sur l'*inconvenance* des *mots* et des *choses* et par une naïveté adorable, vous avez admis comme moi, que le génie peut triompher de toutes les difficultés de l'art. Seulement avez-vous omis d'expliquer à vos lecteurs pourquoi et comment Daumas a oublié une vérité de *tous les temps!* l'*interprétation* de la vérité *aurait-elle été au-dessus de son intelligence? ou bien faudrait-il croire qu'elle se serait heurtée contre un certain degré de mauvaise volonté ?* C'est le cas de le dire ou jamais: *mieux vaut cent fois un ennemi.....*

Serait-ce par hasard l'argument fourni par le témoignage de DAVID (d'Angers)? Voyez plus haut, dans ma lettre, ce qu'il est devenu.

Vous me faites un crime de douter de la PROBITÉ ARTISTIQUE de l'UN DES PLUS GRANDS GÉNIES de NOTRE SIÈCLE. Je n'ai pas suspecté le moins du monde cette probité là. Mais je crois *avec bien d'autres* que son témoignage a été dicté par son cœur ; or, ou nous a appris que *l'esprit est souvent la dupe de ce petit muscle* là. (1)

Remarquez, Monsieur, que la Rochefoucauld n'excepte personne. Et quand même DAVID (d'Angers) échapperait à cette maxime, permettez-moi cette répétition pour les lecteurs distraits : SON TÉMOIGNAGE EST-IL UN DIPLOME D'INFAILLIBILITÉ pour Daumas ? Je suis persuadé que cet illustre artiste rirait du fond de sa tombe, s'il vous entendait ; comme il s'indignerait aussi de vos flatteries *hydropiques*. David (d'Angers) un DES PLUS GRANDS GÉNIES DE NOTRE SIÈCLE!... ce n'est pas, Mon-

---

(1) Soutiendrez-vous que M. David (d'Angers) ne connaissait ni n'aimait M. Daumas ?

sieur, que je me plaise à *dénigrer* David ; je ne m'explique même pas que Béranger l'ait traité durement en l'appelant TALENT COMMUN (1). Mais vous parlez, je crois, un peu trop *superlativement*. L'Histoire, Monsieur, prétend qu'il y a eu de *plus grands Génies* dans notre siècle.

Faites vous allusion aux arguments irréfragables, tirés de ma *haine*, de *mes caprices* et de mon *aveuglement*, arguments qui font preuve et de votre froide *impartialité* et de votre *civilité exquise* ?

Je me trompe, il y a bien des choses que j'ai passées sous silence ; je vais réparer mon oubli — lisez :

1 « Mais M. M. Arnaud ne trouvera pas
2 mauvais QUE nous poursuivions l'exa-
3 men de sa lettre en ce QUI concerne plus
4 particulièrement la statue confiée au ci-
5 seau de Daumas, statue Qu'IL a si légè-
6 rement jugée — *pour ne pas qualifier*
7 *plus sévèrement son inconcevable ap-*
8 *préciation* — ce QUI ne l'a pas empêchée
9 toutefois d'avoir été reçue au dernier
10 Salon avec une grande faveur, et d'avoir
11 *obtenu* à notre savant compatriote l'hon-
12 neur d'un rappel de médaille. » (Sic).

Est-ce là l'argument que j'ai laissé subsister, Monsieur ? C'est vrai, j'ai tort ; j'aurai dû relever tous vos QUE tous vos QUI, une phrase lourde de 12 lignes et de deux fautes de français.

---

(1) Mémoires sur Béranger par Savinien Lapointe, page 267.

Que mon style soit *mauvais*, qu'il offre peu *d'intérêt*, des *banalités*, cela se conçoit ; et vous me feriez un plus long procès que le public ne m'accorderait pas moins son indulgence. Je reconnais avec vous et mon *inexpérience* et ma faiblesse. Mais VOUS !...

J'aurais dû mettre aussi en relief votre souveraine logique mon jugement ayant été postérieur à l'accueil que lui a fait le Salon, comment pouvais-je l'empêcher ?

Vous dites plus bas : — « Nous connaissons maintenant ce » bienfaiteur des classes pauvres, ce créateur de l'Hospice de » la Charité qui vivait il y a plus d'un *siècle* et dont Daumas » a si heureusement retracé les traits. *Evidemment, l'artiste* » a *vécu* dans *l'intimité* de cet *homme.* »

Est-ce là l'argument dont vous regrettez de ne pas avoir vu la réfutation ? C'est vrai ; j'aurais dû féliciter Daumas de vivre des siècles comme les corneilles.

Plus loin se déroule une description confite en des termes qui font un singulier contraste : « *sereine quiétude, sourire sur* » *grave et austère* figure adoucie par l'habitude des bonnes » pensées et *embellie* par une expression de paternelle sollici-. » tude pour des DOULEURS qui vont être SOULAGÉES. »

Mais c'est là, Monsieur, du cliquetis de style et de mauvais style et non pas un argument.

Je pourrais multiplier mes citations — j'en passe et des meilleures — libre à vous de continuer à écrire de la sorte pour re-créer les lecteurs du *Toulonnais* et pour nous ÉMERVEILLER de VOS OEUVRES.

Je ne veux pas clore le débat — où mon contradicteur s'est présenté avec *casque, visière* et *gorgerin,* — sans faire l'honneur de la troisième édition au friand morceau qui a provoqué cette polémique.

. . . .

« On place, en ce moment, dans les niches réservées sur la

façade de la gracieuse chapelle des hospices civils, entre l'Hôtel-Dieu et la Charité, deux statues QUI sont dues à l'habile ciseau de deux enfants de Toulon, et QUI ont obtenu, à Paris, les éloges des personnes QUI ont été admises à en apprécier le mérite. »

« L'une de ces statues QUI représente l'abbé Gautier, premier fondateur de l'hospice de la Charité, *sort des ateliers* de Daumas, si *honorablement placé* dans le monde artistique...»

« L'autre, représentant les traits de Mgr de Chalucet, QUI reprit et compléta la pensée de bienfaisance du vénérable abbé, est l'œuvre de Montagne DONT le talent grandit chaque jour, et promet d'ajouter un nouveau lustre à celui QUE Daumas, son compatriote, répand déjà sur sa ville natale. »

« Au premier jour l'*opération de la mise* en place de ces deux œuvres d'art fort remarquables, sera terminée, et le public pourra les admirer. »

« On assure qu'il est très *sérieusement* question d'élever encore, en avant de la chapelle, et sur un GRANDIOSE piédestal, la MAJESTUEUSE statue de saint Vincent-de-Paul. »

1   « On ne saurait trop applaudir à cette
2 heureuse idée, QUI serait, de la part des
3 autorités et des représentants de la cité, le
4 *complément* d'un acte de reconnaissance
5 publique à l'égard de ces âmes d'élite sur
6 la terre, de ces *grands* saints dans LE CIEL,
7 DONT on ne saurait trop perpétuer le sou-
8 venir (¹), en exposant leurs images vénérées
9 à l'admiration respectueuse des générations
10 *présentes et à venir*. »

In sœcula sœculórum. Amen.

Eh bien ! qu'en dit le public ? AUX DERNIERS LES BONS !

(1) Le Ciel est mort !

A M. le Docteur L. TURREL.

Le bruit public vous signalait comme l'auteur du fameux article du « TOULONNAIS » du 15 octobre.

Je l'ai supposé moi-même un instant ; je sais pertinemment aujourd'hui qu'il n'en est rien, *puisque vous l'affirmez.*

Vous êtes sorti des coulisses de la *Chronique locale* : je rends justice à votre courage et à votre franchise et j'en suis heureux, car mieux vaut un ennemi sans masque.....

Eh bien ! aujourd'hui que j'ai votre nom, je connais de même vos titres. Voici donc ce que j'ai le droit de vous dire au sujet de votre lettre qui me concerne : Vous êtes médecin et médecin homœopathe ; l'homœopathie n'est pas mon fait ; je respecte pourtant votre art et vos principes, parce que toutes les professions sont honorables, lorsqu'elles sont exercées sans charlatanisme et sans chicane.

Mais de grâce qu'entendez-vous aux arts ?

Le sens artistique, Monsieur, est spécialement fortifié par la pratique plus que par les meilleures théories isolées.

Le seul droit qu'Apelles accordait au cordonnier, je vous le refuse donc et tout le public sensé vous le refuse avec moi.

Vous parlez de ma *rudesse : mieux* vaut encore être Spartiate, que le jouet d'une orgueilleuse erreur.

Tant mieux que vous trouviez ma critique exacte à propos du *Génie de la Navigation* (1), contrairement à l'avis de *vos amis.* Je vous crois et vous remercie.

(1) Un haut fonctionnaire dont le goût et le talent honorent les arts en m'accordant ses sympathies a bien voulu me communiquer une observation que je m'empresse de consigner ici.

Quand on lève le bras pour faire signe, le reste du corps peut rester

Mais bien d'autres juges compétents et bien plus compétents que vous et moi, avaient déjà prononcé sur une telle œuvre qui accuse un artiste laborieux mais qui ne révèle ni tact ni talent de *maître*.

M. Montagne étant infiniment plus jeune d'âge que M. Daumas, de là le rang que vous assignez à ce dernier.

Mesurez-vous le talent au nombre des années?

En invoquant le suffrage de M. Bleynie vous me faites plaisir ; mais alléguer des exemples ce n'est pas se laver.

Vous appelez son article un *article modèle*. Un modèle est un ouvrage qui réunit tous les degrés de la perfection voulue ; car ce n'est qu'à ce prix qu'il peut être modèle.

Eh bien! en ce cas M. Bleynie s'est jugé lui-même, en disant que sur tous *les chefs-d'œuvre* on peut éprouver des *impressions secondaires*.

M. Bleynie fait preuve d'une rare érudition. Il manie la lan-

dans une position verticale et immobile ; mais si le corps doit exprimer de l'entrain, de l'enthousiasme, du mouvement par son attitude, la jambe doit avancer dans le même sens que le bras auquel elle correspond.

Qu'on regarde le *Génie* et qu'on nous dise si l'attitude de cette colossale figure académique, si maladroitement placée sur un piédestal, n'est pas contraire à toutes les données du bon sens.

Comme l'on voit, on ne saurait guère engager Montagne à reporter ses regards sur Daumas. Il est à souhaiter même que la *distance considérable* qui *sépare l'élève du maître* ne *puisse jamais* se *rétrécir ni disparaître* un *jour*. Et ceci est dit, Monsieur, non pas dans le but *de déclasser* qui que ce soit, mais de laisser à chacun sa place. Au reste, pour refuser à Daumas le titre de *maître* (encore un coup), ce n'est pas à dire que je le déprécie. Le talent de Daumas aura toujours droit à mes hommages.

Il m'est parvenu plus de dix observations, écrites, trop longues pour trouver leur place ici. — Voici l'une d'entre elles qui a l'avantage de la brièveté : « Ah ça! M. M. Arnaud que ne dites-vous que ce gaillard de » Génie fait les cornes ? »

gue en maître et en habile homme incontestablement— mais vous n'auriez pas dû vous dissimuler qu'il est beaucoup plus de mon avis que du votre(1). Au reste, M. Bleynie, avec ses *correctifs*, ses *doutes* et ses *défiances*, est loin de résoudre la question.

Je n'aurai garde de terminer ma réponse sans vous dire pour votre instruction, notez, que la Statue de l'abbé Gautier de M. Daumas n'est qu'une réminiscence des Statues d'Ambroise Paré et de Guttemberg de David (d'Angers).

Il ne faut point, Monsieur, que l'opinion publique se fourvoie et tienne pour valables des apparences trompeuses qui sont la négation de tout ce que l'art comporte en soi de science, d'élévation, de beauté et de grandeur.

M. ARNAUD.

Toulon, le 18 octobre 1857.

(1) Une analyse intelligente de l'article de M. L. Bleynie prouverait INCONTESTABLEMENT ce que j'avance.

ORIGINE DU MUSÉE DE TOULON.

Le fonds primitif de la collection actuelle consistait en quelques tableaux disséminés dans les salles de l'Hôtel-de-Ville.

Ceux-ci étaient dans un état de conservation si malheureusement déplorable qu'ils ne semblaient guère devoir donner principe à la fondation d'un Musée.

En 1841, M. Josserand, peintre, céda à la ville, moyennant une rente viagère annuelle, 80 toiles environ, copies faites d'après des tableaux des écoles flamande et hollandaise.

Plusieurs dons du gouvernement, quelques legs particuliers ; — la cession de 50 tableaux, relativement remarquables, faite à la ville par feu M. Dupont, payeur de la Marine et du Var, et d'autres peintures acquises à des artistes Toulonnais dont le talent honore la cité, avaient donné à cette collection une importance telle, qu'il était urgent d'y affecter un local spécial.

Dès 1856, l'administration municipale, présidée par M. F. Bourgarel, maire de la ville, justement préoccupée de l'avenir de ces œuvres d'art, et dans la pensée d'entretenir et de développer le sens artistique si vivace sous notre beau ciel, arrêta qu'une partie de l'ancien hôpital Saint-Esprit, alors en démolition, serait réservée et emménagée pour servir de Musée.

Tout fut fait en ce temps-là avec tant de sollicitude, de diligence et de soins, que le Musée dont on venait de doter la ville put être ouvert au public, le 1er novembre 1857.

AVERTISSEMENT.

On a divisé cette notice en trois sections. La première, comprend l'école Française ; la deuxième, les écoles Flamande et Hollandaise ; et la troisième les écoles d'Italie.

Plusieurs tableaux ont dû être détaillés dans leurs parties essentielles, tant à cause de leur valeur que de leur filiation inconnue.

Un tel renseignement, on l'espère, provoquera des observations pouvant également tourner à l'avantage de l'œuvre, de l'artiste et du public.

Il a paru aussi, que la publication d'un signalement rigoureux était chose nécessaire dans un intérêt général.

De tous les tableaux du Musée, ceux-là seulement qui sont faits depuis trente ans, appartiennent aux auteurs dont ils sont signés. Tous les autres, à l'exception de quelques copies d'originaux célèbres, ne sont attribués que par relation.

Il en est même qui, pleins de mérite d'ailleurs, portent des signatures évidemment apocryphes.

En attribuant certaines peintures aux grands maîtres, notre pensée a été de donner un aperçu de la manière de ces maîtres, la désignation de l'auteur d'une œuvre, non signée, se présumant par analogie de style avec les œuvres authentiques.

Il y a eu de nombreux artisans de ce mode d'appréciation ; de là, les noms d'école, de maître ou de nation.

On dit : « Ecole de Raphaël, » pour tout ce qui touche de près ou de loin au style élevé et aux qualités distinctives de ce grand peintre ; — « école Flamande, » — « école Française, » pour des œuvres qui participent des qualités de l'une ou de l'autre de ces écoles.

A Toulon, où une partie du public est initiée pour la première fois à des détails qui se rattachent exclusivement aux arts plastiques, et aux artistes, quelques explications élémentaires pourront être accueillies avec bienveillance; dès-lors, on a cru qu'il ne sera pas déplacé, dans un indicateur de la nature de celui-ci, de donner un aperçu succinct des diverses écoles de l'Europe depuis la renaissance jusqu'à nos jours.

Quelques auteurs ont mentionné seulement trois écoles principales : l'école Italienne, l'école Flamande et l'école Française auxquelles ils rattachent toutes les autres; mais la plupart, cependant, ce qui est plus *équitable*, en admettent un bien plus grand nombre.

On en distingue cinq en Italie : l'école de Milan, l'école Florentine, l'école Romaine, l'école Vénitienne et l'école Lombarde. Les écoles Génoise, Napolitaine et Bolonaise sont également comprises dans celles d'Italie, mais elles n'ont pas, tant s'en faut, une valeur individuelle aussi bien déterminée que les cinq premières dont nous allons faire une analyse rapide, ainsi que des autres écoles d'Europe.

1º-2º ECOLE de MILAN — école Florentine. Elles sont les plus anciennes et nous ont légué deux génies puissants, Léonard de Vinci et Michel-Ange Buonarotti.

La beauté intellectuelle, l'expression de la forme et une pensée profonde, se manifestent d'une manière merveilleuse chez Léonard de Vinci, le fondateur de l'école de Milan.

Un dessin libre et savant, une expression forte, mais magnifique dans son exagération, ont fait de Michel-Ange le chef de l'école Florentine, et la mettent au premier rang pour la science du dessin.

3º ECOLE ROMAINE. — Elle se personnifie en Raphaël, la première de toutes, sans contredit, pour le goût, l'harmonie et la fécondité : Elévation de pensée, grâce d'expression, simplicité de pantomime, rien n'y manque.

Un style pur et noble, un vif sentiment de la vérité et de la beauté, ont donné à l'école Romaine la haute excellence qui excite encore notre juste admiration.

Excepté les peintres de l'ancienne Grèce, nul peintre n'a présenté à un aussi haut degré que Raphaël, la réunion des qualités qui font le grand artiste.

4° ECOLE VÉNITIENNE. — Le Titien, Paul Véronèse et Giorgione sont les principaux représentants de cette école, célèbre surtout par le degré étonnant où elle a élevé la splendeur du coloris. Cette école passe pour avoir négligé ou méconnu une partie des qualités qui font la gloire de *celles* de Florence et de Rome.

5° ECOLE LOMBARDE. — Antonio Allegri (dit le Corrège), en est le véritable chef. La grandeur et l'originalité de son talent, l'importance et le nombre de ses œuvres, le placent au rang des peintres les plus distingués. Il est, par le charme et par l'expression, par son coloris et par la hardiesse de son dessin, l'intermédiaire qui unit l'école de Venise à l'école de Michel-Ange.

6° ECOLE ESPAGNOLE. — Elle est douée du sens réaliste et y sacrifie la notion de la beauté. Son coloris est riche et puissant. Cette école a Velasquez pour chef, et compte Ribeira, Murillo et Zurbaran, noms qui occupent une place illustre dans l'histoire de la peinture.

7°-8° ECOLE FLAMANDE. — Ecole Hollandaise. Paul Rubens est le chef de l'école flamande ; génie fécond, hardi, plein de fougue et d'éclat. Personne n'est allé aussi loin que Rubens dans l'expression de la vie.

L'école Hollandaise a proclamé Rembrandt comme un homme à part. Talent singulier et magnifique, maître souverain dans le domaine de la fantaisie et pour le maniement du pinceau.

Le caractère de ces deux écoles est l'imitation pure de la vérité. Elles possèdent des qualités exceptionnelles comme couleur et comme habileté de main.

Dans la peinture de genre, la Belgique et la Hollande ont fourni cette génération de peintres célèbres parmi lesquels on distingue D. Téniers, Gérard Dov, Metsu, Miéris, Paul Potter Ruysdaël, etc., etc., dont le merveilleux talent nous charme et nous captive.

9o ECOLE ANGLAISE.— Les générateurs de l'école Anglaise furent Holbein et Mabuse, Rubens et Van-Dyck dont les principes sont parfaitement oubliés. Reynolds, ses œuvres et ses écrits, inspirés par l'étude des maîtres italiens, sont négligés aussi résolument.

L'école Anglaise ne tient pas compte de l'idéal. L'artifice du procédé et un effet factice en sont le caractère distinctif. Elle compte, avec Reynolds, et Hogarth pour chefs, Lawrence, Wilkie, West, Landseer et Stanfield, hommes d'une originalité et d'un mérite incontestables.

10o ECOLE ALLEMANDE.— Ce qui domine dans cette école, c'est la pensée. Nulle part l'idée ne s'est imposée aussi impérieusement aux arts plastiques.

Par la composition, par le mouvement des figures, par l'expression et la candeur des visages, l'école Allemande se place au premier rang ; mais pour la partie technique, si l'on peut ainsi dire, pour le coloris et pour l'harmonie linéaire, elle reste bien incomplète au point de vue de la science.

On y regrette l'oubli absolu de l'expression, de la forme et de la beauté pure.

Un dessin sans élévation, un goût presque bysantin, inspiré des maîtres du XIVme siècle, caractérisent cette école qui procède de ses éminents fondateurs Albert Durer et Hans Holbein.

11e ECOLE FRANÇAISE.— L'école Française, surtout jusqu'à

la fin du siècle dernier, bien qu'avec un esprit distinctivement national, procède de l'art italien.

Cependant, elle a été toujours douée d'une puissante vitalité depuis son principe; Jean Cousin, qui vivait au xvi^m* siècle, en est regardé comme le fondateur.

La France possède aujourd'hui les plus grands maîtres de l'Europe. L'Italie, l'Espagne, la Flandre, la Hollande, l'Allemagne et l'Angleterre, ne comptent pas d'hommes qui maintiennent la gloire de leurs aïeux, tandis que la France impose son autorité à la génération nouvelle.

Aucune nation ne peut nous opposer, en peinture, des noms égaux à ceux d'Ingres pour la pureté du style, de Delacroix et de Decamps pour l'abondance de l'invention, pour la splendeur et l'harmonie.

Marcelin ARNAUD.

Toulon, le 1er Juin 1858.

(Extrait de la notice des tableaux et objets d'art du Musée de Toulon.)

SOCIÉTÉ ARTISTIQUE DU VAR.

EXPOSITION DE 1858.

Phidias et Alcamènes, les plus grands d'entre les artistes grecs avaient appris à copier la nature. Léonard de Vinci, Michel-Ange, Raphaël doivent à son étude sincère leurs plus belles inspirations et un nom impérissable.

Leurs successeurs méconnurent ce principe vivifiant; l'art subit, dès-lors, des transformations diverses d'abaissement et d'éclat, la *manière* l'emporta sur la simplicité.

Vers la fin du XVIIIᵉ siècle, l'Ecole de David, M. Ingres excepté, subordonnait à un système pour ainsi dire géométrique l'imitation des formes du corps. — Elle s'imposa des règles; les érudits aidant, la naïveté et le sentiment disparurent sous l'étalage d'un fâcheux savoir.

De nos jours, et ce sera notre titre de gloire, on est revenu à l'étude directe de la nature, à cette simplicité primitive qui féconda les plus beaux génies de la Grèce et de Rome.

Mais si le culte des arts entraîne des devoirs à remplir, devoirs immuables comme la nature elle-même, malgré ses manifestations diverses, il exige aussi de leurs interprètes des facultés instinctives, innées, indépendamment d'un travail rigoureux. Il faut *savoir voir*, et pour cela il faut avoir des connaissances pratiques.

Oui, dans le domaine des arts, pour marquer sa place, il ne suffit pas de l'admiration d'un cercle d'amis; ces sympathies, toutes banales, ne légitiment point le succès; la supériorité du talent se fonde sur des bases plus solides.

Si, parmi les tableaux du Salon, les uns ont obtenu l'approbation des fantaisistes, d'autres, au contraire, l'indifférence ou le dédain des amateurs, il sera bien permis à ceux qui ont pris la peine d'étudier, d'aller de l'action au mobile, et de parler des vrais principes.

Comment s'éclairer autrement que par une critique judicieuse, franche et loyale?

La valeur d'un artiste se mesure à l'élévation de la pensée, à cette finesse d'organisation, à cette sensibilité de cœur, à ce sixième sens dont parle Topffer, et qui lui fait remarquer les différences et les rapports des objets et des couleurs; à cette influence secrète qui, dès le berceau, l'imprègne naïvement, éloquemment, des merveilles de la Création.

L'habileté de main à laquelle on accorde tant de part, est l'affaire de l'ouvrier, un enfantillage vouant à l'oubli le nom de l'artiste dont le talent ne serait pas soutenu par toutes les ressources de l'intelligence.

Nicolas Poussin fut savant dans son art. Peintre, poète, philosophe et homme d'esprit, il a embrassé tous les horizons.

Tel n'est pas le lot de ceux qui l'ont suivi; mais, dans les arts du dessin, il faut un peu de tout ce qu'avait ce grand homme, pour occuper un rang glorieux.

Quoique les élus de l'Ecole nouvelle soient clair-semés, le progrès se fait et la génération prochaine, plus heureuse que nous, verra, nous l'espérons, la régénération et le but suprême de l'art.

Grâce à la sollicitude de la Commission de l'Exposition, nous comptons parmi les exposants quelques hommes de mérite.

Apprécier comment ils ont compris, interprété la nature, ce modèle éternel, naïvement sublime et varié, c'est la tâche que nous avons entreprise, sans nous préoccuper des personnes.

En suivant l'ordre alphabétique adopté par le *Livret*, nous trouvons le nom de M. Augustin **Aiguier**, à Marseille.

M. Aiguier, que nous voyons pour la première fois, nous paraît habile et d'un goût très-élevé. — Simple et vrai dans ses conceptions, il est doux et lumineux dans son œuvre, presque à l'égal de cette nature méridionale dont il se fait l'interprète.

Son COUCHER DU SOLEIL AUX CATALANS (N° 1) est superbe et des plus heureux. — Tout est tranquille, le vent a calmé, et l'astre du jour, en pâlissant, plonge à l'horizon.

Le ciel a de la profondeur, l'eau de la transparence, les barques de la solidité, et les terrains sont dorés et ruisselants des derniers feux du soleil.

L'ensemble de cette toile a une harmonie vaporeuse, une majesté de style et une magie qui charment les juges les plus sévères.

MATINÉE D'AUTOMNE AUX ENVIRONS DE MARSEILLE (N° 3) se recommande par les mêmes qualités de style et de conception. — Le ciel est limpide; le grand pin qui domine le coteau est naïvement un grand pin; le côteau, un côteau, et les deux chèvres qui animent le paysage sont bien étudiées.

MATINÉE D'ÉTÉ (N° 2) est d'un effet des plus simples et simplement rendu : — c'est la nature prise sur le fait, mais le premier plan semble manquer d'ampleur.

TEMPS COUVERT (N° 2 *bis*) a la même valeur relative. Nous en dirons autant de la maquette (N° 3 *bis*) CRÉPUSCULE.

Si quelques-uns de nos artistes avaient eu sous les yeux de

pareils modèles, ils se seraient épargné bien des efforts stériles dans la recherche du beau et du vrai.

M. Barry, de Marseille, se plait à reproduire les brumes du matin.

VUE PRISE DE LA PETITE RADE DE TOULON (N° 5) est d'un effet charmant et un peu coquet.

La MARINE (N° 6) a droit aux mêmes éloges.

Pourquoi M. Barry a-t-il donné à ses figurines des costumes de fantaisie? La fortune de ces deux tableaux en est moindre pour nous, gens de Toulon.

La MARINE (N° 7), de **M. Bouillon-Landais**, nous paraît bien; toutefois un peu froide, autant qu'il est permis d'en juger, au reste, à la hauteur où elle se trouve placée.

UNE MARE (N° 8) a été pour **M. Brissot**, de Warville, le prétexte d'un paysage d'une facture large et solide: — il y a là de la fraîcheur, de l'air et de l'espace.

Cet artiste aborde franchement les verts de la prairie et des arbres, et, par l'entente du clair-obscur, obtient des effets vrais, tranquilles et d'une poésie agreste.

Avec M. Brissot, qui comprend la science des sacrifices, la nécessité de l'exagération, chaque objet est comme il doit être, et reçoit sa part relative de lumière et de soins.

M. Brouze, conservateur du Musée, a exposé deux portraits. — Le portrait (N° 10) est fort beau ; la pose en est simple et heureuse, la tête d'un bon mouvement, d'un modelé ferme (les yeux nous ont paru mal enchâssés). — La main droite est étudiée avec soin , mais la main gauche semble manquer de nerf. — Le portrait (N° 9), à notre sens, est d'un modelé plus fin, plus contenu, et, par cela même, il gagnerait beaucoup à être vu de près. — Nous n'avons pas pu trouver un autre por-trait, porté au *Livret* sous le N° 11.

M. Cauvin (Édouard), professeur de dessin de la marine, a envoyé six tableaux.

Aujourd'hui, où beaucoup de peintres se répètent dans leur œuvre, il eût fallu voir ensemble les toiles de M. Cauvin, et surtout placées de manière à ce qu'on pût les juger.

Soit effet du hasard ou inadvertance, lors de l'arrangement du Salon, des six tableaux de cet artiste nous n'en pouvons voir que deux, et encore faut-il bien s'en approcher, tellement le voisinage d'œuvres qui font disparate leur cause de tort.

VALLÉE DE DARDENNES (N° 12) — et SITE DE DARDENNES (N° 13) — se trouvent placés dans des conditions d'optique qui défient toute appréciation équitable.

LA VUE DE LA PLAINE DE LA GARDE (N° 14) est d'un effet naïf et vrai. — Les brumes d'automne, dissipées par le Soleil qui s'élève, sont bien rendues, et aussi le vieux chêne-liége, à droite, dont le feuillage tamise la lumière. C'est bien là la physionomie intime du site et son accent local et caractéristique.

A notre avis, si la touche était un peu plus large, plus franche, le paysage gagnerait sensiblement.

Tel qu'il est, ce tableau témoigne de qualités remarquables, et nous n'hésitons pas à le classer parmi ceux que doit acheter la ville.

La MARINE (N° 15) serait une œuvre parfaite, si le ciel était plutôt d'un ton gris qu'azuré ; quelques glacis peuvent facile-ment amener ce résultat.

M. Courdouan (Vincent).

Le Salon de l'Exposition possède quinze toiles, un pastel et une aquarelle de cet artiste. — Faits à différentes époques, ces tableaux, d'ailleurs fort bien placés, permettent d'apprécier sainement le mérite de leur auteur.

« Quel que soit le coin de la terre que vous regardiez, sauvage
ou cultivé, pauvre ou riche, désert ou peuplé, vous y trou-
verez toujours deux qualités enchanteresses : la vérité et l'harmonie. »

L'étude attentive que nous avons faite de l'œuvre de M.
Courdouan nous suggère les réflexions suivantes :

Il y a chez cet artiste, qui a incontestablement du talent, absence d'unité, de naïveté et d'harmonie. Le beau tourne à l'a-
gréable, et la vérité se rapetisse sous les caresses du pinceau.

Selon nous, M. Courdouan devrait s'interdire ces enfantillages
de l'*exécution*, auxquels il sacrifie les sérieuses qualités qui
relèvent de l'intelligence.

Pour faire comprendre la justesse de nos observations, nous
analyserons quelques-unes des toiles de M. Courdouan.

FONTAINE A BIRKADEN, Algérie, (No 30). — Le terrain et
le pin du premier plan semblent brulés par un soleil *torride*;
le ciel est de glace, de même que les platanes à l'angle du tableau, à droite.

Si le panache de ce pin était ce qu'il doit être, il projetterait
une large ombre sur les branches qui font face au spectateur.
— Elles sont éclairées ! — L'ombre portée des colonnettes de la
Fontaine n'est pas à sa place, et pour cette fontaine elle-même,
comment expliquer l'absence de l'ombre qu'elle doit projeter ?
— Nous le disons bien à regret, les principes de la perspective
et les lois du clair-obscur sont oubliés résolument.

EMBARQUEMENT DES ZOUAVES POUR LA CRIMÉE A ALGER
(No 25). — Où le peintre a-t-il pu voir un embarquement *des*
Zouaves pareil à celui qu'il représente ? — Un témoin oculaire
nous a assuré que ces braves, en ce moment, dansaient, trépi-
gnaient, chantaient, faisant sauter leur bonnet jusqu'au ciel.
— Ces Zouaves sont de petits agneaux tranquilles et résignés !
— Pourquoi le fort bateau du premier plan se trouve-t-il dans
l'ombre ?

PIRATES RECEVANT LA CHASSE, EFFET DE SOIR ET D'ORAGE. (No 20). — La somme de ce tableau est noire, son aspect métallique ; l'adresse matérielle domine et tient lieu de sentiment profond.

PROVENCE, VALLÉE DU REVEST (No 18). — Nous ne pouvons pas bien nous rendre compte de l'époque de l'année, ni de l'heure du jour que le peintre a choisies. — Le soleil couchant ne peut pas jaunir tout un paysage avec cette uniformité. On dirait d'une nature morte ; le vert est proscrit, l'air également.

La vraie Vallée du Revest, n'a pas d'arbres de cette élégance, ni de ce feuillé ; mais elle est simplement plus sereine, plus vivace que tout ce que peut dire cette fantaisie.

TOULON, VUE PRISE DU CÔTÉ DE LA GROSSE TOUR (No 23). — Le ciel, bariolé de nuages, est figé, sans profondeur, et absolument étranger au soleil radieux qui hâle le premier plan.

La frégate au mouillage, vu l'éloignement, est beaucoup trop grosse, plus grosse qu'un gros vaisseau.

Ces montagnes grises et pelées, nous les voyons tous les jours. Elles sont jusqu'à leur sommet convexes, tortueuses, fuyant au nord. Sur la toile, elles s'élèvent verticales sur la mer, et trop près de la ligne de terre, et froides, comme si elles étaient d'un autre patrie.

Le grand bateau de pêche, emprunté à la salle des *modèles*, sans doute, paraît n'avoir servi qu'à *poser* pour ce tableau. — Ces pêcheurs n'ont rien de commun avec nos pêcheurs. Eux et les autres personnages ont les proportions élégantes et le poncis de l'Apollon. — Ce n'est pas cela que nous voyons ici, mon Dieu non.

Dans ce tableau, qui manque d'unité, l'artiste a méconnu autant le caractère du site que celui des personnages et des choses.

M. Aiguier s'inspire de la nature, — M. Brissot la voit et l'interprète bien, — M. Cauvin en a le sentiment, — M.

Courdouan l'arrangé, ce qui est une faute.— « Dans la nature, chaque objet est ce qu'il doit être, le résultat des causes
dont il a éprouvé les effets. »

Mlle **Clerc** (Marthe).

La Bouquetière (N° 35) est d'un bon style, mais un peu
trop montée en couleur et crue de ton.

M. Curel (Paul-Emmanuel) a exposé deux portraits.
Celui de M. C. C.... (N° 37), heureux de mouvement, est traité
avec la vaillance d'un homme qui sait.— Nous trouvons moins
satisfaisant le portrait de M. A... (N° 36).

M. Décoreïs (Pierre), professeur-adjoint à l'École
communale.

Une rue d'Alger (N° 39).— Il y a là du sens pittoresque,
une couleur fort abondante et de belles promesses.

Le N° 42, Chien couché, trahit un crayon facile et aussi
robuste que celui du praticien consommé.

Cet intelligent jeune homme réunit à la constante observation
de la nature de fort sérieuses études.— Qu'il persévère! —
L'on ne peut compter qu'à ce prix, et après un labeur de bien
des années.

M. Garcin (Louis), d'Hyères, connaît les grandes
Écoles. Il a un bagage assez riche pour mener de front l'histoire, le genre et le portrait. A cause de cela, nous regrettons
vivement chez lui l'absence de naïveté et cette simplicité qui,
dans les œuvres d'art, enchaîne l'attention.

Giotto et Cimabue dans la vallée de Vespignano (N° 46),
œuvre que nous appellerons impersonnelle, est une composition théâtrale.

L'heureuse beauté du petit pâtre de Vespignano qui sera le

flambeau de l'Italie au XIVe siècle, et l'intelligente figure de Cimabue, ne peuvent racheter la faute d'avoir fait *poser* bêtes et gens, et tout le reste

Nous préférons à ce tableau celui de SAINTE ANNE INSTRUISANT LA SAINTE-VIERGE (N° 47). Le peintre a compris son sujet, et, à dessein, l'a rendu sobre de ligne et de couleur, chose louable selon nous. — La Sainte Anne est fort belle ; malheureusement le caractère anecdotique de la tête de la Vierge, comme son costume un peu en dehors de la tradition, nous ont paru pêcher par cela même.

LE PORTRAIT DE L'AUTEUR (N° 50) trahit autant de fine intelligence que de talent : modelé avec douceur et discrétion, il nous donne la mesure des facultés de M. Garcin livré à lui-même. Il ne manque donc à cet artiste qu'un peu plus d'expérience, et d'être plus familier avec les conditions de la peinture, pour obtenir de légitimes succès.

M. Ginoux (Charles), de Toulon, a exposé trois esquisses de sujets d'histoire, trois tableaux de nature morte, et cinq portraits. Nous n'avons à nous occuper que de ces derniers.

PORTRAIT DE Mme DE M... (N° 16), — PORTRAIT DE Mlle LA COMTESSE DE L...(N° 62) — et (N° 63) PORTRAIT DE M. R...: CHEF DE BATAILLON, sont parfaits de tout point, et d'un travail qui accuse le maître.

Le PORTRAIT DE M. REYNAUD, ancien Maire de la ville de Toulon, pourrait être classé parmi les meilleurs de l'Ecole contemporaine. L'attitude est vraie ; la forme, la couleur, le *faire*, serrés et pleins d'accent, sont d'une extrême conscience, d'un bon style. Rien n'a été marchandé à cette page, et M. Ginoux, qui brille à l'Exposition Toulonnaise, peut non moins briller à Paris comme à Londres et partout, avec de pareilles productions de son pinceau.

Nous avons de **M. Lagier**, de Marseille, deux portraits au crayon, enlevés avec une habileté de main peu commune ; nous préférons cependant, du même auteur, une étude peinte : TÊTE D'EXPRESSION (N° 73), qui est fort bien, quoique d'un modelé un peu dur.

Si cet artiste étudiait sérieusement ses portraits au crayon, moins fantaisiste, il serait mieux estimé.

REPAS CHAMPÊTRE (N° 78) par **M. Lamy** (Joseph), de Marseille, est traité avec beaucoup d'entrain.

La brosse de M Lamy est rapide et de feu ; mais quand on sait autant qu'il sait, il faut être plus sévère pour soi-même.

M. Laugier (Auguste), de Toulon.

PORTRAIT DE Mlle MARIE L... (N° 83).— Une bonne chose, et d'une valeur réelle comme œuvre d'art.

M. Lauret (François), de Pignans.

LABOUREUR ARABE (N° 84),— CARAVANE DANS LA PLAINE DE LA MITIDJA (N° 85),— PAYSAGE, ENVIRONS D'ALGER (N° 86), — sont trois tableaux d'un homme connaissant toutes les ressources du métier ; aussi exigerions-nous qu'il donnât plus, tout ce qu'il peut enfin ; moins de pratique surtout, et plus d'intimité avec la nature.

Notre salon possède huit tableaux de **M. Lauvergne**, qui a répandu à pleines mains, dans cette œuvre, autant de fougue que de fantaisie et d'éclat.

Plus familiarisé avec la mer que nos autres peintres, il se joue des difficultés, multipliant son esprit et son adresse.

Il manque à M. Lauvergne d'être un peu plus contenu, de porter une attention plus vigilante sur la réalité. Ses qualités, il devrait les prodiguer avec plus de concision ; dès-lors, nos applaudissements seraient acquis aux originales manifestations de son pinceau.

Le No 97, ATTAQUE DU FORT MULGRAVE, de M: **Letuaire** de Toulon, nous donne, avec l'image d'un combat pour tout de bon, des épisodes bien frappés.

Dans l'intérêt dramatique de la chose, nous eussions demandé les soldats ennemis, non pas dissimulés par la fumée comme ils le sont, mais bien aux prises avec nos soldats.

Nous devons louer le travail, l'exécution matérielle de ce grand fusain, qui est d'une main sûre et des plus habiles.

M. Loubon (Émile), à Marseille.

ABREUVOIR (N° 100). Deux vaches haletantes et que la soif aiguillonne, précipitent leur pas alterné vers l'abreuvoir salutaire.

Leur course strapassée, avide, accentuée puissamment, fait de ce simple motif une œuvre remarquable.

Nous insistons d'autant plus sur sa valeur que, ni la dimension, ni un éclat exagéré, n'appellent les regards indifférents de la foule. Elle se doute peu, la souveraine, de la somme d'études indispensables pour arriver à cette intelligence de la vérité.

L'heure choisie par le peintre est celle de midi, et ce détail à son éloquence.

Nous pensons que la Ville ferait bien d'acheter cette toile, dont le prix et modeste. Peut-être aussi, M. Loubon, tenant à honneur de figurer dans notre Musée, réduirait-il ses prétentions de manière à les mettre en rapport avec nos ressources.

M. Montagne (Marius).

REBÉCCA A LA FONTAINE, statue de grandeur naturelle; CHLOÉ, statue de grandeur réduite, et trois portraits.

Possédant les qualités qui constituent le véritable artiste, M. Montagne a un sentiment vrai et profond de la nature, et ses aspirations l'entraînent vers les choses élevées. Aussi, fortifié par l'étude, il a pris la place que son importance lui donne.

Qu'on nous permette, chemin faisant, une sorte de digression.

Les types consacrés par la Bible unissent la simplicité à la grandeur. De son côté, la sévérité sculpturale réclame une seule action : noblesse et majesté.

Les Grecs s'étaient servis de la statuaire pour l'image des dieux et des héros.

Disons aussi : Jusqu'au xvi° siècle, la Foi était le vivificateur des sujets religieux ; de nos jours, l'idée philosophique a prévalu. A tort ou à raison, les esprits élevés ont délaissé la partie merveilleuse du Christianisme pour le sens moral.

Il nous reste à apprécier M. Montagne spécialement dans les conditions de la statuaire, et au point de vue de l'art contemporain.

REBECCA (No 123) est debout ; elle écoute, attentive, celui qui lui parle au nom d'Abraham, son maître, qui l'a envoyé.

L'attitude est naturelle, les lignes simples, harmonieuses, et les modifications de la forme y sont écrites avec énergie, pureté et finesse.— La tête est belle.—Les draperies, jetées amplement, originales et d'un grand goût, donnent à l'ensemble un caractère d'imprévu qui surprend, sollicite l'attention et captive.

Nous n'aimons pas l'or des boucles d'oreilles. C'est là de la couleur locale, soit ; mais, sans s'en écarter, on peut user ou d'un or moins brun, ou de boucles d'argent.

Ce détail signalé, nous pouvons dire que, traduite en marbre, cette statue de M. Montagne sera l'expression la plus vraie de son talent.

CHLOÉ (No 124) est une charmante création. Bien agencée,

correcte, expressive, cette figure rend la *Pastoure* de Longus aussi grecque et aussi naïve que celle de ce romancier immortel.

L'agilité et la délicatesse des membres finement accusés déterminent l'adolescence, cet âge où commencement d'amour trouble et tourmente d'un mal inconnu.

Nous ne pouvons mieux faire que de citer ici le passage du livre de Longus, qui a été l'origine de cette œuvre :

....« A cette heure, je suis malade, et ne sais quel est mon
» mal, et n'ai point de blessures, je m'afflige, et si n'ai perdu
» pas une de mes brebis ; je brûle, assise sous une ombre si
» épaisse. Combien de fois les ronces m'ont égratignée ! et je
» ne pleurais pas ; combien d'abeilles m'ont piquée de leur ai-
» guillon ! et j'en étais bientôt guérie. Il faut donc dire que ce
» qui m'atteint au cœur cette fois est plus poignant que tout
» cela.»...

Les trois portraits (N°s 125, 126 et 127), exacts et bien exprimés, sont ce que doivent être les portraits. Ils nous apprennent à connaître la figure, le caractère des modèles, le travail large, savant et ferme.

M. Noble (Julien), de Toulon, a exposé un dessin, mi-fusain, mi-crayon, LA CHARITE (No 128). Ce projet de tableau renferme de bonnes intentions et des promesses. Que faut-il maintenant à M. Noble? Du temps, le travail, un grand courage.

Dans les N°s 130, UN GRAIN, et 131, UNE PLAGE, **M. Noel** (Jules) se montre possédant le métier ; mais il n'y a dans ces deux peintures *décoratives* que de l'habileté de la main.

Nous ne parlerons que des portraits de M. **Nouvelle** (Ernest). Les N°s 136 et 137 sont bien. Nous les voudrions un peu plus étudiés.

M. **Pezous** (Jean), né à Toulon, est un homme hautement distingué dans l'Ecole contemporaine, bien que, — fait insolite, — il soit à peine connu de ses compatriotes, dans sa ville natale.

Le premier de nos critiques d'art, M. Théophile Gautier, s'exprime ainsi, à son sujet, dès l'Exposition de 1855 :

« Dans un temps où il n'est pas aisé d'être original, tant le
» champ de l'art est labouré en tout sens, M. Pezous a trouvé
» le moyen d'être lui et de se créer une manière reconnaissable
» au premier coup d'œil ; il a une qualité rare, la naïveté :
» il saisit à merveille la désinvolture des militaires, les grâces
» ridicules des coqs de village, l'attitude des buveurs sous les
» treilles des guinguettes, les coquetteries rustiques des pay-
» sannes dansant la bourrée, les poses triomphantes des char-
» latans. Il connaît à fond la caserne et la barrière, et de toutes
» ces scènes familières il fait sans peine une foule de petits ta-
» bleaux croqués avec beaucoup de justesse ; sa couleur est
» claire, étalée par touches rapides et très-agréable.

» M. Pezous procède par touches de sentiment, et n'a pas le
» fini, trop minutieux parfois, des peintres de genre. »

Notre Exposition a réuni six tableaux de cet artiste Toulonnais. — LA PARTIE DE DAMES (No 138), — JEU DE BOULES (No 139), — ARLEQUINADE (No 140), — LA PAYSE (No 141), — LA PARTIE DE CARTES (No 142), — et LE BAL CHAMPÊTRE (No 143), tous riches de vérité, d'esprit, d'entrain, de fine observation.

Son chef-d'œuvre, et un chef-d'œuvre incontestablement, est LE BAL CHAMPÊTRE (No 143).

Des Berrichons dansent là gaîment, comme ont fait leurs pères et leurs mères, au son de la musette.

La bonhomie et la malice des patriarches du crû sont prises au vol, au courant du pinceau, avec un rare bonheur. Villageois et villageoises, acteurs, curieux, indifférents, chacun absolument, naïvement dans son rôle

Jeu de Boules (No 139) est une de ces scènes familières de la fin du XVIII° siècle, du nôtre, de tous les temps.

Ils sont deux, le long d'un chemin, les chevaliers du bois roulant. S'il a le point, celui que vous voyez droit comme un lis et fier ! l'autre *tire* la boule malencontreuse, pesant, au préalable, la valeur de la sienne.

Au premier plan, un bon vieillard assis, ses deux mains juchées l'une sur l'autre sur sa longue canne. Plus loin, vers le milieu du tableau, un vieux couple devisant, et un petit chien que tient en arrêt le geste du joueur qui lance la boule. Sur un plan reculé, à gauche, une jeune femme étend du linge.

Le travail est facile, la lumière large, la composition simple magistrale, accusant un esprit d'observation si juste, qu'on ne se lasse point de regarder avec plaisir.

Nous renonçons à décrire les quatre autres tableaux étincelants de naturel.

Mlle Pijeaud (Claire).

Groupe de fleurs (No 144). — Cela est composé avec goût, intelligence et un penchant pour le coloris : c'est même peint avec beaucoup de verve.

M. Salles (Jules), à Nîmes.

Il y a dans sa Paysanne suisse (No 145) de l'élégance et un sentiment délicat.

La Chute des feuilles (No 146) est tout un drame intime ; l'élégie de Millevoye revit agrandie dans le jeune homme malade, au regard plein d'amertume, de l'artiste. Un pâtre, au loin, anime le bocage des airs du chalumeau.

M. Senequier (Bernard), le doyen des peintres Toulonnais.

ÉGLISE DES CORDELIERS A HYÈRES AVANT SA RESTAURATION (No 147). — Ce petit tableau, qui est traité avec beaucoup de soin, met en évidence le goût architectural de son auteur.

M. Suchet (Joseph), à Marseille.

NAUFRAGÉS ATTÉRISSANT SUR UNE PLAGE DÉSERTE (No 150) est une page excellente; son accent dramatique vous donne comme un frémissement; mais le premier plan n'est pas heureux, et nous conseillons à M. Suchet de le repeindre.

M. Saint-Jean, à Lyon.

FRAMBOISES (No 151). Étude. — Pleine de vérité, de finesse, de couleur, cette peinture maintient toujours M. Saint-Jean à la hauteur de sa fortune dans ce genre secondaire. Le *Livret* mentionne un autre tableau, sous le No 152 (RAISINS). Il n'est pas encore arrivé.

M. Voillemot (André-Charles), à Paris.

FÊTE AU DIEU PAN (No 153). — Coloris de convention, mais cela est traité avec beaucoup de verve et un goût très-pittoresque.

M. Ziem (Félix).

UNE GONDOLE (No 154). — Esquisse, riche de coloris.)

Marcelin ARNAUD.

Toulon, le 15 décembre 1858.

Toulon. — Imprimerie H. VINCENT, rue Neuve 20.

www.ingramcontent.com/pod-product-compliance
Lightning Source LLC
Chambersburg PA
CBHW061655180626
46818CB00003B/1109